CIDADE ABERTA, CIDADE FECHADA

CIDADE ABERTA, CIDADE FECHADA

RICARDO RAMOS FILHO

1ª edição

CIP-BRASIL. CATALOGAÇÃO NA PUBLICAÇÃO
SINDICATO NACIONAL DOS EDITORES DE LIVROS, RJ

R143c
    Ramos Filho, Ricardo
      Cidade aberta, cidade fechada / Ricardo Ramos Filho. - 1. ed. - Rio de Janeiro : Record, 2023.

      ISBN 978-65-5587-677-2

      1. Crônicas brasileiras. I. Título.

23-82263   CDD: 869.8
                     CDU: 82-94(81)

Gabriela Faray Ferreira Lopes - Bibliotecária - CRB-7/6643

Copyright © Ricardo Ramos Filho, 2023

Todos os direitos reservados. Proibida a reprodução, armazenamento ou transmissão de partes deste livro, através de quaisquer meios, sem prévia autorização por escrito.

Texto revisado segundo o Acordo Ortográfico da Língua Portuguesa de 1990.

Direitos exclusivos desta edição reservados pela
EDITORA RECORD LTDA.
Rua Argentina, 171 – Rio de Janeiro, RJ – 20921-380 – Tel.: (21) 2585-2000.

Impresso no Brasil

ISBN 978-65-5587-677-2

Seja um leitor preferencial Record.
Cadastre-se no site www.record.com.br
e receba informações sobre nossos
lançamentos e nossas promoções.

Atendimento e venda direta ao leitor:
sac@record.com.br

O prazer do texto é esse momento em que meu corpo vai seguir suas próprias ideias — pois meu corpo não tem as mesmas ideias que eu.

Roland Barthes

Alguém já disse que o patriotismo é o último refúgio dos canalhas: quem não tem princípios morais costuma se enrolar em uma bandeira, e os bastardos sempre se reportam à pureza da sua raça. A identidade nacional é o último recurso dos deserdados. Muito bem, o senso de identidade se baseia no ódio, no ódio por quem não é idêntico.

Umberto Eco

*Ao Marco Carnicelli,
com admiração.*

Sumário

Cidade aberta	11
Tempo de quintais	41
Saudade da minha peixeira	47
Maritaca	53
Foto antiga	59
Sombrinha	65
Cidade fechada	71
Meg	95
Vento vadio	101
Paciência	107

Cidade aberta

Um beijo de língua. Agarradas, corpos colados, encostadas em pé próximas à porta do vagão, as meninas entregavam-se apaixonadas às carícias. Lindas, jovenzinhas, ambas com cabelos compridos, deixavam as mãos passearem livres. Uma delas, mais tímida, enfiava os dedos por baixo da camisa da namorada. A vontade evidente era de subir e tocar os seios ali tão próximos, pontudos a ponto de forçar o tecido para fora. Titubeava. Avançava, recuava, não se decidia, talvez por medo de perder o controle já tão tênue. Ou, quem sabe, ressabiada com o olhar da senhora ali próxima, no banco dos idosos, cheia de caras e bocas. A outra garota, olhos vidrados, encarava a parceira como se tivesse vontade de mergulhar dentro dela. O movimento do carro correndo nos trilhos permitia que se roçassem sensualmente, equilíbrio bambo de desejos, balanço conveniente. Em determinado momento, a de cabelos cacheados começou a alisar os da mais introvertida. Os carinhos se estenderam um pouco mais para baixo, seguraram o rosto afogueado, e outro beijo um pouco mais prolongado aqueceu meu coração. Tanta ternura assim era bonita de se ver. Quando a marcha diminuiu e o carro parou na próxima estação, elas se afastaram, trocaram um sorriso de intimidade, aguardaram passageiros descerem, outros entrarem. Pareciam preferir ficar de sobreaviso, atentas, naquele momento de maior fragilidade. Alguém poderia passar por elas e importuná-las.

Instintivamente fiquei atento também, disposto a ajudá-las caso precisassem. O amor às vezes se descuida, a cidade esconde pessoas nem sempre capazes de aceitar o diverso. Um pouco à minha esquerda reparei em dois rapazes com um tipo de postura um pouco mais descontraída. Riam, cochichavam, poderiam estar julgando o comportamento ali presente. Mostravam-se um tanto debochados. Medi tamanhos, imaginei os dois em pé, considerei que facilmente daria conta deles. Fiquei um pouco mais tranquilo. Às vezes sou assim, assumo internamente posturas de super-herói justiceiro, imagino-me um ás de lutas marciais. Como nunca precisei ir às vias de fato, a fantasia permanece. Contudo, funciono meio como um cão-guia. Fico por ali tenso, atento, reparando em tudo, pronto para ajudar o pretenso deficiente visual merecedor dos meus cuidados.

O trem partiu, as meninas relaxaram, voltaram a se pegar. Fascinado, reparei na dança de toques. Felizmente a figura delas se refletia no vidro à minha frente, podia olhar livremente sem incomodá-las. Uma alisava o corpo todo da outra. Havia um carinho lascivo, trêmulo, delicado, como se para elas fosse muito difícil aguardar o momento de estarem sozinhas em ambiente mais favorável. Às vezes interrompiam o ritual sensorial e permaneciam um tempo apenas se encarando. Somente um par de olhos ficava disponível desde o início à minha curiosidade. A outra, de costas, não me oferecia contemplação completa. Não consigo definir o que havia naquele olhar que me era exibido. Fome, desejo, paixão, mas ao mesmo tempo emoção tão grande capaz de tornar os olhos úmidos. A mocinha parecia que a qualquer momento desandaria a chorar, as retinas mergulhadas em líquido febril, contemplamento marejado, todo o corporal denunciando um estado de emoção exacerbado, vívido, eu quase podia sentir seu coração batendo acelerado.

A bruxa próxima delas deu um muxoxo alto e meneou a cabeça para um lado e outro, reprovando a desinibição do casal. Pigarreei alto e a anciã, por sorte, avistou-me buscando cumplicidade. Devolvi-lhe um ódio tão grande na expressão, tamanha raiva, que a senhorinha se encolheu, disfarçou, aquietou-se.

A que estava de frente para mim invadiu o espaço entre o cinto e a cintura da namorada. Desceu até o punho, alcançou as partes íntimas da companheira. A ousadia provocou um gemido tão alto da outra que, assustada, rapidamente ela desistiu da invasão, fez um delicado gesto de cheirar os dedos, como se neles estivesse o melhor perfume do mundo. As duas riram alto e eu me peguei rindo também.

Na próxima estação, a da Consolação, desceram e seguiram de mãos dadas, mochilas nas costas. Desejei-lhes intimamente a melhor noite do mundo.

A velha continuou balançando a cabeça, talvez fosse algum tique nervoso, os rapazes permaneceram rindo, estavam mesmo se divertindo, e eu, despindo a fantasia de super-homem, percebi, surpreso e um tanto incomodado, que fui o único a reparar naquele namoro.

*

Há uma rua perto de casa. Simpatia. Faz jus ao nome. Passando por ela somos acolhidos por bons sentimentos. É como se tudo que há no caminho se esforçasse para nos receber bem. Árvores floridas, casas de aparência acolhedora, prédios avarandados. Outro dia, parado em um farol, ou semáforo, como alguns preferem chamar, vi alguém se embalando em uma rede. Edifício alto. Deu-me vontade medonha de também me esticar lá em cima, deixar-me acalentar naquele vaivém gostoso e sem compromisso, próprio dos tecidos coloridos de pano pendurados em ganchos.

Os carros não buzinam na rua Simpatia. Motoristas sorridentes abrem os vidros, esticam os braços e fazem gestos com as mãos nos dando passagem. Quase um frenesi de delicadeza. Os transeuntes, se é que podemos chamar assim essa gente distinta e alegre, e a palavra transeunte é tão feia, circulam pelo passeio como se estivessem realmente passeando. Flanam, na realidade. E flanar é tão bonito, não é mesmo? O gesto, a sonoridade de se dizer assim. Poder perambular ociosamente, seguir sem rumo certo. E talvez, no exercício descontraído de andar pelas calçadas sem maiores pretensões, a calma prevaleça acalentando a alma. E como os motoristas pisam com suavidade seus aceleradores, os veículos ronronam e o ar desconhece o que seja poluição.

O tempo é diferente por ali. Ponteiros dos relógios enchem-se de preguiça estudada. Estratégia, estratagema. Seguem plano samaritano. Ao espicharem ao máximo os minutos, alongando as horas, expurgam daquela via tão aprazível toda urgência, engolindo possíveis pressas. O resultado é visível, sensível, imediato. Ninguém precisa chegar logo a canto algum. Assim, desprovidos de imediatismo, podem usufruir do convívio uns com os outros, perceberem-se. Toda gente que passa pelo logradouro parece gostar de gente.

Eu tomo a rua Simpatia saindo de uma avenida movimentada. Assim que sou abraçado por ela, diminuo a velocidade, relaxo no banco do carro, começo a visualizar as tintas da natureza. Há uma primavera à esquerda, em frente a uma casinha pequenina de tijolo, térrea, de janelas brancas, que parece explodir em vermelho. Tão viva e faceira, embora modesta na vaidade, só pode ser vaidade essa vontade de se exibir tão lindamente, que sempre me comove. Embora prenda ditadora o meu olhar, e me corte o fôlego com sua exuberância, mostra-se simples e não chega a maltratar-me, pelo contrário, é o colírio que prepara o meu olhar para o que vou encontrar dali para a frente.

Parado no trânsito, se é que podemos chamar assim a oportunidade de fazermos contato visual com toda a delicadeza disponível ao redor, observo um ipê soberano na calçada. Rosa. Parece proteger uma residência com jardim de flores e portãozinho de madeira. Alguém pendurou uma gaiola com um canário no tronco. Amarelo-claro, não o dourado agressivo do ouro. Canário-do-reino. O bichinho ali perto das folhas da árvore talvez se sinta mais em casa. E canta, o danado. Estica o pescoço, aponta o biquinho para o céu e trina, gorjeia com tanto lirismo que desligo o rádio para poder ouvir melhor toda aquela paixão. E me emociono com o passarinho. Há no canto um desejo de liberdade implícito, ou seria em mim, na imagem que faço da gaiola? Prisão. Em dado momento ele parece olhar para mim e me sossega. Sempre viveu ali naquela árvore pendurado. Seu voo é mesmo curto, de um poleiro para outro, seu canto é tudo e não requer espaço. E a plateia de maritacas em volta emudece. Quietinhas, nunca imaginei ser possível, curtem aquele Pavarotti emplumado.

Mais adiante — felizmente ainda estou parado no tráfego — um cachorro parece desejar fazer cocô. Sua dona, uma velhinha de cabelos azuis, afrouxa a guia presa à coleira, permite ao animal espaço. Ele, todo agitado, cheira aqui e acolá, descobre um pouco além um canteiro de marias-sem-vergonha. Parece gostar do tom violáceo, ou do perfume. Fica por ali um pouco, ciscando, e se decide. Alivia-se. A senhora, toda alegrinha, recolhe as fezes em um saquinho psicodélico, ainda não tinha visto, todo colorido. E me dá uma vontade louca de rir.

Quando o carro anda, percorro o caminho vendo tudo com o canto dos olhos, afinal estou dirigindo. Cássias, jerivás, pitangueiras, manacás, paineiras, ipês. Tudo florido. Volto a ligar o rádio e, coincidentemente, um som antigo está tocando: *The age of Aquarius...* Canção cantada em 1969 pelo 5th Dimension. Novamente sou menino. A vitrolinha do meu quarto sempre ligada. Lembrança inebriante. Era um mundo hippie, a paz e o amor celebrados o tempo todo.

Sexo, drogas e rock and roll. Psicodelismo. E me dou conta do quanto a rua Simpatia, em certo sentido, é também psicodélica. E sigo arrebatado por ela. *Love will steer the stars*. O amor vai guiar as estrelas. E eu guiando meu carro neste mundo que não é ficção. A rua Simpatia existe.

*

O trajeto percorrido em direção ao metrô, quando me dirijo à faculdade, às vezes acontece muito rápido. Sigo sem reparar nas árvores, intrigar-me com as sombras, deixo de observar a capacidade do sol em se esgueirar pelos espaços e formar figuras estranhas. O colorido habitual das flores não me fascina, o canto diferente do passarinho desconhecido, aquele quase uivo mais curto e delicado, silencia. Dentro de mim, mergulhado em pensamentos e antecipando a aula de dali a pouco, sigo feito autômato, sem perceber o tempo gasto no caminho.

Preciso fazer meus alunos desistirem de enxergar Fernando Pessoa de forma tão pouco científica. Acreditam piamente ser ele uma espécie de médium, capaz de receber os heterônimos como se fossem entidades vivas em outra encarnação. Teria sido o grande português uma espécie de Chico Xavier poeta? Na última aula, Tatiana, boa aluna, interessada e cumpridora dos deveres solicitados, perguntou-me se eu a orientaria em um trabalho de iniciação acadêmica. Gostaria de provar serem Alberto Caeiro, Álvaro de Campos, Ricardo Reis e Bernardo Soares espécies de espíritos do candomblé.

Embora seja simpático ao sincretismo religioso, acredite ser uma das coisas mais bonitas do sagrado brasileiro e aprecie demais tal capacidade de mistura — diversidade para mim é sempre bem-vinda em qualquer área —, precisei refrear o entusiasmo da menina. Não foi muito fácil convencê-la a experimentar teses mais literárias e menos espirituais.

Andando assim absorto, considerei mostrar de uma vez por todas Pessoa como um artista muito inteligente e provar ser o projeto heteronímico parte de um plano. Em vez de ser um e criar sua própria obra, como qualquer escritor comum, ele pretendeu ser muitos. Sendo vários autores ao mesmo tempo, escrevendo livros com características diferentes conforme assumia uma ou outra personalidade, agradando a diferentes tipos de leitores, foi capaz de deixar para todos nós uma literatura inteira. Mais do que uma obra, deixou um conjunto de obras literárias escritas por vários autores. Alguns gênios demoram a ser compreendidos. Como leitor, por exemplo, prefiro o texto desesperado e deprimido de Álvaro de Campos.

Torcendo muito para ser eficiente, e preparando dentro de mim retórica capaz de convencer minha classe, finalmente tive a atenção desviada para um mendigo. Encostado em um muro, sentado na calçada, ele estava coberto de pombas. As aves passeavam sobre ele tranquilas, íntimas, sem demonstrar nenhum tipo de apreensão. Uma delas, sobre sua cabeça, descansava como se estivesse chocando um ovo. Ele, feito estátua, um leve sorriso congelado no rosto, parecia feliz com aquele estado de coisas. Homem e pássaros totalmente integrados, imundos, em completa comunhão, sem se preocuparem com o resto do mundo. Em um determinado momento um dos animais, talvez o mais desgrenhado, as penas apontando para todos os lados em notável desalinho, bichinho magro e com aparência doentia, subiu no ombro do morador de rua e começou a dar leves bicadas em sua orelha. Pareceu-me naquele momento ver o sorriso do pedinte se alargar mais um pouco, talvez sentisse cócegas. Obviamente eu tinha parado e, protegido por uma árvore, meio escondido, observava aquela cena com especial curiosidade. Aquilo não podia ser real, fugia a qualquer expectativa de ser observado em fosse qual fosse o canto, mas estava ocorrendo ali na minha frente, feito página de um romance surrealista. E como jamais havia visto um espetáculo como aquele, deixei-me ficar por ali, absorto, completamente tomado pelas imagens.

E eu, que não creio, fui enxergando sem desejar certa santidade nos bichos indigentes ali presentes: homem e pombas. Um São Francisco bem diferente das belas obras artísticas, brilhantes e limpas, encontradas em igrejas. Espíritos santos enegrecidos, desvalidos, moribundos. Ele arriado no solo de cimento, encostado em uma parede pichada. Quando acendeu um cigarro torto que havia acabado de enrolar, a fumaça envolveu todos e deu-lhes uma aparência nebulosa, como se houvesse ali auréolas.

Arrepiado e medroso, resolvi retomar meu caminho, seguir para minha aula. Certo de que literatura talvez seja alguma coisa maior do que ensino.

*

São Paulo é uma cidade sem referências geográficas. Inexistem morros, mar, coisas capazes de ampararem nossa memória. Outro dia passei pela alameda Itu. Morei lá quando bem menino. Demoliram a nossa casa, simpático sobradinho geminado. Sumiram com o portão da frente no qual fui fotografado com papai, em branco e preto, nós dois no porta-retrato. O velho sorrindo jovem, acocorado por trás de mim, a mão no meu ombro. Sempre vi no gesto carinho, amparo, amor. Eu ali dele, filho. Algumas fotos permitem emoções mutantes. O tempo passa e eu atualizo a forma de enxergar aquele papel antigo e amarelado. Ao ver diferente, cada vez de um jeito, encontro sentimentos variados. Saudade, talvez tristeza, não sei. Há, no entanto, estranha curiosidade. Como terá sido aquela época vivida tão longinquamente? Ter estado lá não basta para saber. Porque o passado se tornou sombra dentro de mim, vestígio apenas. E não há parede erguida para sustentar minha lembrança. A rua mudou, caiu. Aquele céu da minha infância já não pode ser alcançado. Não há mais quarto, cortina, criança. A lua midiática de hoje deixou de ser pequenina, é diversa da que eu avistava deitado na cama por uma fresta de janela deixada aberta de propósito.

Tornou-se grande, quase uma bola de basquete. Virou perigeu. A garoa escondeu-se em meus olhos.

Saio andando por calçadas escuras sem registro em mim. Há mais prédios, menos claridade. Árvores floridas, cachorros, fezes embrulhadas em saquinhos, celulares, gente passando distraída digitando mensagens. Mudas conversas eletrônicas. *What's up?* Atravesso a rua Augusta que já fez parte dos meus sonhos antes dos shoppings aprisionarem as pessoas. Nela viviam as mocinhas mais bonitas da paróquia. Mas é outra agora, nem parece a mesma via charmosa. Espanta-me o silêncio de suas vitrines. Vou caminhando sem cantar, até por não haver música em meu caminho. Os bondes já não andam sobre os trilhos. Asfalto, asfalto, asfalto.

Ando um pouco mais e paro em frente ao número 1.148. Observo a placa do comércio: *Barber Shop*. O mesmo nome. A porta está aberta, vejo lá dentro os dois barbeiros da minha meninice: Manuel e Sebastião. Grisalhos, mais gordos, ainda trabalhando. O segundo era alegre. Recebia o moleque Ricardo com riso largo, acolhedor. Pegava a tábua onde eu me sentava para ficar mais alto e toda vez se espantava com o meu tamanho. Deixava-me feliz ao registrar com alarde meu crescimento. Papai cortava invariavelmente com o Manuel, um português baixinho e calado. Fico ali feito estátua, sem coragem para entrar. Mergulhado em lembranças, recupero a atmosfera enfumaçada de então. Todos fumavam. O barbeiro manejava o pente e a tesoura, parava, ia até o cinzeiro, dava uma baforada e voltava ao serviço. Papai e todos os clientes adultos com seus cigarros acesos. E eu prometia a mim mesmo que um dia fumaria também. Naquela época fumava-se sem tanta consequência. Alguém dizia alguma coisa e todos desandavam a rir. E eu ria junto sem entender a piada. Quando a navalha raspava o pescoço, Sebastião me pedia para ficar parado. Eu via o perigo no espelho e obedecia. Algodão gelado, cheiro de álcool gostoso, talco para retirar os cabelinhos incômodos em seu espetar. O velho conversava com o lusitano. Gostava dele. Mais tarde fui entender quem era o tal de Salazar de quem tanto falavam mal. Vejo os dois ali curvados. Manuel e Sebastião. Sociedade e tanto. Certamente mais de 50 anos unindo destinos. E então Sebastião vem em minha direção, o mesmo jeito feliz de quem passou a vida apenas cortando cabelos e fazendo barbas. Quer saber se desejo um corte. Olha fixamente para mim. Percebo em seu olhar um quase reconhecimento. Bobagem. Como poderia? Recuso, estou atrasado para um compromisso, agradeço. Saio dali emocionado.

*

As cores das feiras de rua me fascinam. Gostoso andar por entre as barracas em manhã ensolarada, ouvindo a gritaria bem-humorada dos feirantes. Frutas, verduras, utensílios domésticos, temperos. Há diversidade capaz de transformar o tempo em festival de odores, existe tamanho burburinho alegre entre os caminhos tortuosos, formados pelas sombras construídas por toldos de lona, que a gente caminha mergulhado na própria felicidade, parando aqui e ali para experimentar um pedaço de manga, comer a banana-ouro docinha, beber um copo de caldo de cana com bastante suco de limão. E, como gosto de conversar, nem percebo as horas passarem, o peso das sacolas não me cansa.

Há certa intimidade brasileira, coisa nossa, característica de um povo mais descontraído e desinibido, proporcionando diálogos muitas vezes divertidos. Saudável e importante para mim, a quase consciência de sermos solitários voluntariamente. Se optarmos por sair às ruas dispostos a conviver com as gentes circulando pelas calçadas, teremos companhia, afastaremos o silêncio incômodo para bem longe.

— Cuidado, meu senhor, caiu!

Interrompo o caminhar, olho para trás procurando alguma coisa, talvez tenha deixado a carteira escapar.

O vendedor, um japonês forte e simpático, continua:

— Caiu o preço do caqui, o amigo não pode perder a oportunidade.

Afasto-me rindo com a inteligência do marketing improvisado, a criatividade a serviço da oportunidade. Jeito esperto de chamar a atenção para o produto.

Mais à frente uma senhora, deve morar pelas vizinhanças, pois já a vi caminhando pelo bairro, exibe para a moça do coco ralado um braço engessado quase até o ombro. Aproximo-me interessado.

— Foi no cotovelo? — pergunto.

— No punho — ela responde.

— Dói muito? — interessa-se a mocinha, com ar compungido.

— Doeu na hora de pôr o osso no lugar. Foi quando estava distraída, num tranco, quase desmaiei.

Depois de desejar boa recuperação afasto-me, consciente da facilidade nossa em interagirmos. Tal característica particular, espontaneidade em trocarmos experiências com quem não conhecemos, é única. Torna os momentos mais quentinhos.

A mandioca estava barata, comprei logo dois quilos, não antes de perguntar se descascavam na hora. Fiquei ali um tempo parado, vendo a habilidade no manejo com a faca. Rapidamente foram providenciados cilindros branquinhos e bem raspados, planejei prepará-los fritos e cozidos.

Já quase no final da rua, próximo ao caminhão do peixe, uma senhora bem-vestida, com pose de madame, chega falando alto:

— Onde está o meu carregador? Eu mando mensagem para ele e não me responde.

— Está sentadinho ali, dona Sílvia, acho que digitando para a senhora — acode o peixeiro.

Um rapaz, acocorado sob uma árvore, maltrapilho, escrevia com certa dificuldade no celular.

Ela o chama e ele vem gordo, grande, lerdo.

— A senhora vai levar salmão hoje? — retorna o homem dos pescados.

— Sim. Mas quero que corte em cubos, três quilos. Vou adiantando mais para a frente o serviço e já volto.

E afasta-se caminhando firme, autoritária, meio dona do pedaço, o moço balançando a barriga flácida, mudo, atrás dela.

Sento-me em um banquinho de plástico para comer um pastel. Especial. Para mim o ápice do programa. Enorme. Carne moída, queijo, presunto, lascas de azeitona e ovo cozido. Verdadeiro almoço. E fico por ali um tempo apreciando o movimento, o refrigerante gelado, ouvindo as conversas, criando coragem de voltar para casa arrastando o peso das sacolas. Bem mais feliz.

Muitas vezes me vem uma tristeza, certeza de viver dias meio sem solução, vendo o país se afundar em políticas para mim truncadas, relacionamentos complicados, tamanha falta de forças para continuar seguindo que resolvo botar os pés nas ruas. Ir à feira pode ser boa terapia. Deixo a depressão na banca de pepinos, ela cai bem também com os abacaxis. E volto para casa arejado. Se não chego a ficar contente, pelo menos desisto de cultivar pensamentos sombrios. As luzes que iluminam as folhas de couve avermelham ainda mais os rabanetes, aquecem o meu pescoço, somam um pouquinho de esperança à minha existência. Não sei como, nem qual a razão. Acontece.

*

Às vezes me bate um cansaço da vida, sensação de estar muito tempo por aqui e não mais encontrar graça nas coisas. Poderia ser angústia, tristeza, agonia, deem ao sentimento o nome que preferirem. Chego a olhar a janela, imagino meu corpo caindo do oitavo andar. Seria um voo breve antes do baque fatal. Talvez a experiência inusitada, louca, sem propósito, pudesse trazer algum alento. Quem sabe naquele átimo temporal, fração de segundo em que a certeza do fim inexorável é única, vivesse momento mais intenso. Susto sem volta. Mas nem para isso sirvo, jamais conseguiria colocar um ponto final em minha própria história, sei apenas terminar textos, mal e parcamente, olhe lá. Contudo, a vista aqui das alturas atrai-me. Um vento, arrepio, pancada, rasgo de dor final. Mais nada. Silêncio. O calar imediato de problemas sem solução.

Mas não é desse caminho de poucos metros aquele que poderia me levar de nenhum lugar para lugar algum meu interesse. Falo dos sítios por onde ando. Refiro-me à cidade. São Paulo. Posto de observação.

Quando afirmo serem meus caminhos crônicos, desejo falar do cotidiano. Os passos dados por ruas repetidas transformam o caminhar em idas e vindas quase iguais. Mas existe enorme percurso em tal quase. Nunca as mesmas árvores, esquinas, vizinhos, calçadas. Embora estejam lá diariamente, eu os vejo com cores, tonalidades e feitios diferentes. Carrego humores diversos ao refazer os deslocamentos. Não sou o mesmo andarilho, suporto pesos distintos.

Ontem choveu. E eu tinha mesmo dentro de mim um temporal armado. Os pingos, aparados pelo grande e incômodo guarda-chuva, pareciam cair não do céu, mas dos meus olhos. Apesar de não estar chorando explicitamente, pois a tristeza me vinha sem o manifestar de soluços e assoares de nariz, estando eu livre daquela coisa pegajosa e grudenta do desespero, parecia de fato verter gotas de lamúria. Não, nunca! Apenas caminhava triste, cabisbaixo, sentindo o universo debulhando-se em precipitação aquosa sobre mim. E ao necessitar seguir em passos rápidos para escapar da tempestade, perdi a paisagem, os acontecimentos, a vida deixou de mostrar-se com a força capaz de me comover. Ninguém, apenas o entorno mudo.

Hoje é diferente. Talvez a claridade do final de outono, atmosfera fresca e sem nuvens obstruindo o azul do céu, tenha sido competente o suficiente para transformar-me. Sigo bem-disposto para o metrô, repito a jornada diária com novo estado de espírito. Gosto de ouvir as palavras que me chegam de conversas estacionadas na esquina. Muitos apreciam trocar experiências no passeio, todo mundo precisa de ouvidos atentos vez ou outra. Às vezes paro, insinuo-me naquela troca de ideias, engrosso o coro de vozes dos indivíduos propensos a combaterem a solidão por meio de assuntos pouco importantes. Ninguém se abre de fato nessas horas. Os temas são de fácil digestão: críticas políticas, resultados de jogos, trânsito, algum desastre. De preferência desastres, o povo ama catástrofes. Há nas devastações a oportunidade de nos sentirmos vitoriosos: escapamos daquela incólumes. A vida não é feita somente de azares.

Amanhã, não sei. Repetirei o trajeto, afinal meu deslocamento é crônico. E apesar de a palavra nos lembrar doença, muitos males são crônicos, refiro-me aqui ao tempo, longa duração, já que percorro todos os dias a mesma rota. Ela me entrega à condução. Como um paciente com doença crônica, submeto-me passivamente ao destino de no mesmo horário sair de casa e seguir, continuar seguindo, sempre. Caminhos crônicos como a existência. Viver é um dia depois do outro, e mais outro, e talvez a gente acabe se esquecendo da verdade. Assim observou Rosa na *terceira margem do rio*: estamos em um barco a subir e descer, no meio do mundo, entre duas margens, sem muito objetivo, propósito ou razão.

E volto a olhar para a janela atraído.

*

Há pouco tempo cortaram um de meus prazeres ao andar de metrô. O maior deles é ter atingido a faixa etária necessária, utilizar a condução gratuitamente.

Civilizado apresentarmos o documento próximos à catraca, provarmos sermos maiores de sessenta anos e vermos o funcionário, geralmente muito gentil com os velhinhos, passar o cartão e abrir a geringonça do acesso para podermos seguir viagem. Nem sempre cabelos brancos são um mal. Mas, como ia dizendo, retiraram-me uma das alegrias ao frequentar os vagões do metropolitano. Antes havia músicas nos falantes. De qualidade. Repertório variando entre jazz, bossa nova — uma espécie de jazz brasileiro — e clássicos. Às vezes, mais raramente, até um chorinho podia ser escutado. O estilo alegre e sincopado do gênero de repente inundava o ambiente, e a alegria da flauta de Altamiro Carrilho e seu "Urubu malandro" tornavam o meu percurso quase um sonho. Em êxtase, sentado no banco apropriado aos idosos, sentindo-me um menino, eu balançava o corpo todo e tentava acompanhar assobiando baixinho aquela felicidade melodiosa. Várias vezes tive a oportunidade de completar minhas jornadas urbanas com aquele carinho sonoro oferecido pela empresa de transportes. Acabou. Divulgaram um comunicado afirmando existirem pesquisas indicativas referentes aos transeuntes, afirmando desgostarem de trafegar submetidos ao ruído imposto. O silêncio, triste e vazio, voltou a imperar. Só podiam mesmo ser transeuntes, diabo de nome mais feio!

Essa questão de gosto é mesmo estranha. Como sou um sujeito mais para o irritadiço, dificilmente aceito ser contrariado, passei um tempo olhando feio meus companheiros de viagem. Para mim, todos eleitores do presidente que ocupou o poder antes de 2023, diferentes ao extremo de mim, incapazes de apreciar as belas-artes. Aquela gente tosca havia me privado de um prazer. É sempre importante observar o fato de a velhice nos aproximar das crianças. Viver é parecido com um ciclo. Nascemos, vem a infância, viramos adultos, chega a maturidade e logo estamos novamente usando fraldas. E assim, próximos dos bebês, vemos o princípio do prazer voltar a comandar. Não queremos ser privados das poucas alegrias ainda disponíveis.

Mas passou. O tempo tudo cura. E, preciso dar o braço a torcer, no caso foi até bom. A falta de um som institucional nos falantes abriu oportunidade para artistas ambulantes se exibirem. E como há pouco espaço para os músicos sobreviverem no país, nada no terreno da cultura é bem-visto e incentivado no período fascista, vários instrumentistas e cantores estão conseguindo defender um troquinho se apresentando e depois passando o chapéu para os passageiros. Eu geralmente contribuo.

Um deles, já o ouvi em algumas ocasiões, sempre me provoca aplausos entusiasmados.

Entra no carro com o seu violão, cumprimenta a todos com voz forte de cantor e começa a tocar uma valsa. Linda! É possível enxergar no olhar dos presentes, os transeuntes da pesquisa, certo embevecimento ante a harmonia das notas dedilhadas e o deleite provocado por elas. A letra, como não poderia deixar de ser, fala de amor. O artista conta e canta com tanta alma a história da mocinha apaixonada pelo namorado, um encontro feliz entre dois jovens em uma estação conhecida por vários frequentadores ali presentes. Em pouco tempo o espaço se transforma em um salão e todos estão dançando com pares imaginários. As pessoas olham-se sorrindo, esticam os pescoços apontando o queixo para a frente, parecem ter alguma noção do bailado. Humanizadas, seguem o ritmo como se a valsa pudesse lavar todos os problemas do cotidiano, as tristezas. Um, dois, três... Um, dois, três...

E giram, fecham os olhos, não perdem o equilíbrio mesmo com o movimento do carro seguindo em frente. E eu ali valsando sozinho, sinto-me próximo das pessoas, carinhoso e gostando da gente presente... Difícil segurar a emoção, engolir as lágrimas. Mas consigo. Não desejo fazer o velho babão.

Tempo de quintais

Quando eu nasci, nenhum anjo disse: "Vai, Ricardo, ser *gauche* na vida!" Talvez por não frequentarem minha casa. Memórias de minha infância. Pracinhas, brinquedos, sol. Mamãe cuidando de tudo. Aprendi coisas importantes. Muito cedo me foi dito para enxugar o texto. Lembro-me de olhar o papel e de não o perceber molhado. Só mais tarde entendi como podíamos encharcar coisas escritas. Depois meu pai quis incutir-me o conceito de felicidade. Queria ver os filhos felizes. Não obteve sucesso completo. Estudei para passar, e passar significava prolongar a agonia. Na escola nada além das amizades me interessava. Acho que também fora dela. Bebi muito, parei de beber. Durante alguns anos vivi meio tonto. Trabalhei com gosto e desgosto. Sempre fui escravo de mim mesmo.

Então chega a noite e a solidão se apresenta. Pisco o olho para ela. Se me pega escrevendo, está tudo bem.

Algumas palavras parecem ter gatilhos. Disparam dentro da gente sentimentos, memórias. Quintal, por exemplo. Retorno imediatamente a uma casa, rua, eu menino. Quintal. E nem era tão grande. Retangular, chão de cimento, muros, o céu de minha infância. Primeiras histórias. A escada tombada virava o navio onde enfrentávamos um balde Moby Dick. No varal o vento assoprava toalhas, velas dos barcos inimigos, e o jabuti ganhava utilidade, era sempre o dragão cascudo. Com as raquetes de frescobol, as guitarras, subíamos no palco desenhado com giz. Meu irmão, os vizinhos, nós formávamos uma banda de rock. Cantávamos com alegria quase esquecida. Tempo de quintais.

Um dia conquistei uma garota com poesia. Chamava-se Luana e eu não podia olhar pela janela do meu quarto, em noites de verão, sem vê-la. Lua, Luana, as duas se misturavam. Meu coração apaixonado batia no peito com a força de um surdo. Marcava o ritmo do meu sangue feito música nas veias. O texto era ingênuo, tolo, nele eu dizia o óbvio. Chamava a atenção para o fato de haver lua em Luana. Ela gostou, sorriu para mim, pegou na minha mão. Naquela época pegar na mão era o máximo, e eu não sabia que os melhores versos estavam nos dedinhos dela.

Houve um eu que não mais há. Tempo de quintais. Banhos às seis da tarde, pijama, televisão. Cabelo penteado, cheiro de sabonete, mãe. Jantar, sono, cama. Houve um eu menino feliz. E quando a memória me leva assim tão longe, sinto saudade de não ter medo. Ou de ter poucos medos: não passar de ano, perder colegas, ficar de castigo. E se o pensamento viaja assim, de marcha a ré, eu todo retrocedido, a nostalgia parece tela de filme. A casa da rua Tamanás, máquina de escrever martelando, o pai. Telefone com seis números. Guerra de mamona, estilingue, bicicleta. Dropes Dulcora misto. Apenas um banheiro na casa, um só espelho. A gente se via bem menos naquela ausência de selfies de antigamente. Não precisava. Sabíamos direitinho quem éramos. Havia esperança naquele tempo. Não há mais.

Fim de ano. Os dois meninos assustados e imunes ouvem a ladainha repetida na mesma época. Inventário de malandragens. O pai enumera resultados ruins na escola, alegrias exageradas, descompromissos com tudo. Na idade deles já estava trabalhando. "Não serão nada, nunca!" Depois se abrandava, encerrava o discurso pedindo: "Façam por ser felizes! Não conseguiria por vocês." Cresceram, engordaram, ganharam sombras na alma. Recordam rindo o passado. Saudosos, unidos, amigos. Ao se despedirem, o mais novo, apertado no abraço do outro, imerso nas dúvidas de sempre, segreda-lhe no ouvido: "O que é felicidade?"

Sou *made in Brazil*. Fabricado no Rio de Janeiro, desenvolvido em São Paulo. O hardware já foi melhor. As peças acumularam gordura, fios brancos, começam a enferrujar. O software é de péssima qualidade. Operações lentas, entendimento curto, memória sofrível. Qualquer hora trava, espero que o *checkpoint restart* funcione. Não lido bem com os dados que me alimentam. Decodifico. Analiso. Sofro. As rotinas não fazem sentido. Com-puta-dor.

Diacho! Escureci junto com o dia mais uma vez. Embora a claridade tenha ido embora, não haverá noite de sexta-feira. Dias todos iguais. Vai faltar alegria amanhã, depois, tem sido assim. Eu, péssima companhia de mim mesmo. Fico aqui sentado procurando palavras, textos, sentidos. Em vão. Como, se não há nada? Apenas um pedaço pequeno do que fui. Minúsculo, sem músculo, paupérrimo. E, no entanto, é preciso cantar. Sei disso. Esperam tal atitude da gente. Estampemos então a felicidade no rosto. Busquemos nas ruas um cortejo não fúnebre. É fácil. Basta enterrar o coração na primeira esquina.

Saudade da minha peixeira

Quem passar pelo título da crônica apressadamente, de forma distraída, irá decerto confundir-se, terá expectativa errada sobre o assunto a ser abordado por aqui, imaginará amor trazido do passado, saudosamente relembrado, talvez a evocação de mocinha vestida de branco atrás de um balcão, postas de filé Saint Peter sendo cortadas com cuidado, a paixão do cronista por uma vendedora de peixe, relacionamento findo por razões a serem abordadas no texto. Estará enganado, bem enganado.

Fui um menino medroso. Embora fizesse força para aparentar valentia capaz de me elevar a um tipo de herói de histórias postas em livros, aqueles fortes e justos, hábeis a enfrentar o nocivo, dispostos a roubar dos ricos para doar aos pobres, fazia na verdade, internamente, figura lamentável. Custava-me disfarçar os terrores, e minhas noites, quase sempre, eram atormentadas por pesadelos terríveis. Acordava acovardado, tremendo, pijama encharcado, cabelos em pé. Hoje, adulto, desejaria entender a razão de tantos sustos escondidos nos sonhos dos meninos. Era um inferno. Postergava com energia e determinação o momento de recolher-me. Apenas depois de brigas, ameaças, discussões infindáveis com meus pais, concordava em arriscar-me, enfiava-me debaixo das cobertas, aceitava desconfiado a enorme probabilidade de encontrar meus demônios enquanto dormia. E eles eram insistentes, feios, insidiosos, transformavam-me em caça, um fugir eterno sob minhas pestanas fechadas.

Certo dia encontrei na cozinha uma faca de tamanho grande. Enorme a danadinha, quase uma espada. Empunhadura preta envernizada de madeira, lâmina larga e afiada, cerca de 80 centímetros de comprimento. Faca de ponta. Encantei-me com a arma. Aproveitei um descuido de Alice, a cozinheira, roubei o utensílio de metal, subi com ele para o quarto. Acomodei-o debaixo da cama de forma estratégica. Caso virasse de bruços e esticasse o braço direito, conseguia facilmente apossar-me da peixeira.

Andava na época às voltas com minhas raízes nordestinas. Os cangaceiros enfeitavam meu imaginário. Um deles Virgulino, apelido Lampião. Outro, Corisco, o Diabo Louro.

— Se entrega, Corisco!

— "Eu não me entrego não, não sou passarinho pra viver lá na prisão, só me entrego na morte, de parabelo na mão!"

Vestiam roupa de couro, cobravam proteção dos fazendeiros ricos, ajudavam os pobres. Com suas peixeiras faziam justiça no sertão. Violentos, sanguinários, mas equânimes.

Naquela noite, assim que me deitei, soltei um suspiro profundo e aliviado. Pela primeira vez sentia-me tranquilo ante a possibilidade do sono. A arma ali vizinha transformava-me em um super-herói alagoano. Nenhum monstro fictício escondido em meu inconsciente faria frente à lâmina afiada e pontiaguda.

— *Fé cega, faca amolada!*

Dormi bem, apaziguado.

Durante muito tempo, talvez por algum tipo de magia, nunca consegui entender direito, a peixeira ficou debaixo de minha cama. O quarto era limpo, mas não a enxergavam e, portanto, não removiam meu tesouro. Os pesadelos fugiram de dentro de mim.

— *Faca de ponta tá tá...*

Hoje vi-me às voltas com a nostalgia da minha peixeira. Um dia, não há bem que sempre dure, minha mãe descobriu minha Excalibur. Horrorizada, deu sumiço nela.

Muita coisa tem atormentado o meu dormir. Adoraria estar de posse de minha peixeira. Com a idade os pesadelos voltam.

Maritaca

Tarde de inverno. Atípica. O tempo anda meio esquecido de suas estações, confuso, nem sempre consegue dar conta das temperaturas, volta e meia comete equívocos estranhos, trocas as bolas, e agora, por exemplo, o calor é de verão em pleno mês de julho. Sentado aqui em frente ao computador, tenho a janela aberta ao meu lado, e a brisa inundando o ambiente dá-lhe um frescor de férias, embora elas estejam distantes. A gente sempre associa o período de folga com tardes ensolaradas e noites cobertas de estrelas. Não reclamo e, apesar de acreditar nos perigos do aquecimento global, gosto de usar roupas frouxas e leves, pois não aprecio ter a barriga, cada vez mais proeminente, apertada. Paciência ser fora de hora. Bom sentir os dedos livres em sandálias, ter os pés descalços, os calçados espalhados pelo escritório.

Aqui passo boa parte do tempo, escrevo textos, leio meus livros indisciplinados, vorazes em entupir as estantes, não adianta tentar colocar ordem na confusão, parecem possuir vontade própria, preferem se enfiar nos cantos, brechas, ou simplesmente empilharem-se sobre a escrivaninha, formando torres altas e tortas, jamais aceitando a ideia de perfilarem-se espremidos nas prateleiras.

Quem costuma ler minhas histórias sabe de meu apreço por maritacas. Acho as bichinhas lindas, adoro quando passam voando em algazarra, sempre em bando, alegrando as tardes com sua folia de animais felizes, comunicativos e sociáveis. Aqui no meu bairro, as árvores estão invariavelmente cobertas por elas, pode-se escutar suas conversas francas. Existe alguma coisa humana em seus diálogos, discutem o tempo todo e nunca parecem chegar a alguma conclusão ou acordo. Quando se cansam daquele colóquio inútil e vazio, desaforadas saem em debandada como se apostassem corrida e pudessem encerrar seus desentendimentos com uma disputa, vendo qual delas seria capaz de chegar primeiro em algum canto. Para minha observação apaixonada de amante das avezinhas verdes, parece uma boa forma de se encerrar atritos: uma competição. Ganha quem for melhor, quem chegar primeiro.

Não sei se por coincidência ou dessas sincronicidades capazes de nos deixar atônitos e meio sem entender certas forças energéticas espalhadas pelo universo, ouço baixinho o arrulhar doce e meigo característico da minha avezinha preferida. Desisto por um instante de lutar com as palavras, dou essa alegria a Drummond reconhecendo momentaneamente ser uma luta vã, e olho para o lado. O grande periquito está parado no parapeito da janela me espiando. Seus olhinhos mostram curiosidade. A cabeça se movimenta para todos os lados, como se quisesse encontrar uma posição mais favorável, capaz de dar-lhe um ângulo de visão mais acurado. Permaneço imóvel para não assustar aquela lindeza. Tão bonito! Não para de emitir o seu som particular. Diz todas aquelas coisas sem afastar o olhar de mim, parece querer transmitir-me algum recado, mensageiro sabe-se lá de quem. Diferentemente dos pombos, seu idioma é menos uivado e gargarejado, bem mais delicado e carinhoso. Às vezes se abaixa e encontra alguma coisa gostosa, semente, sei lá. Movimenta o biquinho em forma de gancho mastigando ruidosamente, não parece ter recebido grande educação, falta-lhe polidez ao se alimentar. Penso isso com medo de que tais animais consigam ler nossos pensamentos. Detestaria magoar um coraçãozinho tão mínimo e sensível. Essa mania herdada de meu pai, de observar a maneira como os seres comem, é um hábito horrível, deveria abandoná-la. Por sorte ele parece não se dar conta de minha introspectiva observação. Continua por aqui curioso, pertinho de mim, observando o escritor paralisado. Quando decide se movimentar, caminha desengonçado, balançando o corpinho para um lado e outro, em um gingado bem brasileiro, passarinho malandro.

Cansado de ficar tanto tempo apenas atento ao pequeno animal, percebo o celular ao alcance de minhas mãos. Talvez consiga tirar uma foto, perpetuar aquele momento. O mundo mesmo se tornou um lugar curioso. Nada vale se não ficar registrado em fotografia. Quase sem respirar, bem lentamente, vou esticando o braço em direção ao aparelho. Alcanço o objeto, aproximo-o do rosto, aponto para a ave. Imediatamente ela escapa, mergulha em voo gracioso e, ao mesmo tempo, estabanado. Talvez não estivesse com as penas alinhadas o suficiente para ser clicada. Volto ao Drummond. Brigar com as palavras, tentar fotografar a maritaca, tudo é vão. Retomo meu parágrafo, quem sabe consiga seguir em frente sem me distrair.

Um trovão anuncia chuvas de verão. Estará a maritaca também confusa? Inverno. Fecho a janela.

Foto antiga

Talvez seja o tempo, muitas vezes brincalhão, ou a memória escondida em mim, certos fragmentos de lembrança costumam inserir-se no cotidiano sem aviso prévio, chegam fagueiros, íntimos, como se tivessem feito parte da rotina desde sempre.

Posto-me em frente à foto enviada por um afeto menos presente do que gostaria, afastamentos solidificam-se com o tempo. Comporto-me como se estivesse sentado no velho banco de madeira de minha escola primária. Há silêncio, estamos todos concentrados na lição apresentada, composição descritiva, a professora pendurou uma ilustração grande em um prego centralizado em cima da lousa. Nela há um riacho, dia ensolarado, e um menino com roupas simples pesca com ar sonolento. A varinha fina de bambu pende, quase mergulha na água. Ao fundo, em uma encosta, aclive semelhante a um pequeno morro, modesta, embora elevada, avista-se uma casinha com porta e janela azuis, paredes caiadas. A poucos metros do pescador um passarinho tem os olhos curiosos. Eu diria que é um pintassilgo, caso soubesse classificar as aves. Parece esperto e ao mesmo tempo triste. Ágil e moroso. Carrega sobre as asas sobressaltos. Ou será apenas impressão minha? Acalorado na classe também preguiçosa, sombria e abafada, manhã de verão, desejo, sempre desejei, construir um texto perfeito. Ideias claras e então, de repente, pouco nítidas alternam-se, deixando-me inseguro. É possível que o pardalzinho esteja bem e tudo seja apenas resultado de indisposição passageira. Percalços da redação a ser construída. Na época a angústia de escrever já pesava sobre meus voos. Pressão que se tornaria mais conhecida no futuro, invariavelmente incômoda. A atmosfera do cenário embaçada, miopia que já se manifestava e só mais tarde me condenaria aos óculos. Delícias da vida no campo. Encontrávamos em boa parte dos livros lidos aquela paisagem. As aventuras aconteciam em fazendas, sítios, sonhávamos com férias, cavalos, bois, animais de criação. O mundo rural tido como preferível ao encontrado nos grandes centros.

Volto à fotografia. Nela há um rapaz. Deveria ser eu. Contudo, o moço é outro, bem diferente, já não exibe o mesmo viço. Perdeu a barba, operou os olhos, não mais exibe óculos de lentes grossas. Agora enxerga bem. Mas envelheceu. Se aquele com a camisa aberta no peito, o do tempo pretérito, olha para longe, muito sério e consciente de sua força, meio deus, meio homem em sua juventude, o outro, o de agora, sabe-se frágil embora grande, forte, saudável. Ganhou cabelos brancos, dores físicas e metafísicas. Lida bem com as primeiras, sofre com as segundas. Desequilíbrios. O que busca assim distante o jovem com aparência revolucionária? Rosto coberto de pelos vermelhos bem aparados, bolsa de couro a tiracolo. "Comunista!" — alguém brada. Eles possuem estereótipos? Todo jovem da época tinha um pouco de Guevara. *Volver a los diecisiete*. Embora esteja mais rodado no retrato. Vizinho aos trinta. Entre um e outro, cerca de quarenta anos vagam. O *viking*, tufos rubros densos sobre o rosto e queixo, observa o futuro confiante. É nórdico, guerreiro, *Valhalla*, morrerá guerreando. Olhos duros e tristes perscrutam o tempo vindouro. As runas de Odin não trazem nada. O porvir do moderno é desatento aos oráculos.

Então por que sombrios os pontos castanhos abaixo das sobrancelhas? Talvez por dominarem um pouco os sonhos. No fim da estrada, lá na frente, existem dores espalhadas pelo chão, rastros. Entre elas e o depois vive a agonia de não frutificar, o infortúnio. Intuição. O garoto se viu mais tarde estéril, apenas ponto final. Foi num átimo, flash da câmera Polaroid, mas o futuro apareceu para ele ignóbil. E o velho, aquele enorme e quebradiço, espatifou-se em uma dobra de um buraco negro. Ponto de não retorno. Sobrou o menino pescando, pendurado no meio do giz, o sanhaço ao lado.

Sombrinha

Os verões aqui em São Paulo têm sido fenômenos horríveis, quentes como nunca se viu, coisa de andarmos sempre suados, sedentos, precisando de hidratação. Ficar dentro de casa assemelha-se a viver em estufas, para andarmos nas calçadas é necessário coragem.

Além de vivermos o incômodo de um calor inusitado, é necessário conviver-se com variações do nosso bonito idioma. Dificilmente as pessoas referem-se ao liquefazer-se de maneira correta, o povo anda "soando" por aí. E como se "soa", meu Deus! Fosse verdade, viveríamos no momento presente debaixo de uma barulheira infernal.

E ainda tem gente desacreditando do aquecimento global. Às vezes me pego lendo coisas, infelizmente tenho a mania de ler, e encontro afirmações de estarrecer.

Queiram ou não ter fé na ciência, nos estudiosos, nos cientistas observadores dos ecossistemas, o fato mais evidente está nos termômetros, com números cada vez mais altos e assustadores entra ano e sai ano.

Todo o preâmbulo para falar de coisas mais amenas e bonitas. Tenho observado a retomada de um remoto hábito. As mulheres voltaram a usar sombrinhas. Às vezes, quando estou nas ruas e paro em um semáforo — também conhecido como farol —, refrescado pelo ar-condicionado do carro funcionando no talo, vejo moças passarem cobertas por chapéus coloridos. E ao usar o termo chapéu para definir o pequeno guarda-sol próprio para senhoras, volto no tempo, lembro com saudade de minha avó Olívia. Era assim que ela se referia ao artefato: chapéu. E eu criança, ainda pouco habituado a ver uma só palavra definindo coisas diferentes, mas já preocupado com as palavras, estranhava. Chapéu para mim era um boné mais circunspecto. Difícil aceitar ser também o guarda-chuva colorido da mãe de minha mãe. Ela, no calor carioca, não saía sem ele. Quantas vezes a vi voltar do elevador, com o esquecimento próprio da família, somos todos distraídos, apressada pelos minutos a mais gastos pela necessidade de voltar, declarando:

— Não me lembrei de pegar o chapéu!

Se a encontrávamos na rua Dias Ferreira, retornando de algum compromisso, ela vinha toda elegante, o vestido leve estampado, a sandália de salto alto, na penumbra da sombrinha. E a memória me prega uma peça. Ao reproduzir a imagem vejo uma mulher bonita, bem-arrumada, e não a velha que meus olhos da criança de então costumavam enxergar. Preservada qual fotografia no tempo, aquela jovem senhora que vive em minha lembrança deveria estar na casa dos cinquenta na época, bem mais moça do que sou hoje.

O fato de rever por aí sombrinhas tornou mais românticas as minhas andanças pela cidade. Vivo reparando nelas, nas diferentes cores, feliz em perceber o renascer de um costume em função da necessidade. E ao me deparar com os chapéus do tempo de minha avó, retorno ao Rio de minha infância. Vejo as amendoeiras, a zoeira infernal das cigarras no final da tarde antes da chuvarada de verão, minha alma até cantaria, caso eu tivesse alma.

E já que vivemos época em que as questões de gênero estão tão presentes, me vem uma dúvida:

— Por que homens não usam sombrinhas?

Cidade fechada

Estive hoje na farmácia. Receitas necessárias, medicação controlada, morosidade no atendimento. Tenho sempre a impressão, em tais momentos, na hora de comprar os remédios, de viver em um país sério. Ninguém leva nada para casa sem assinatura, inscrição do CRM e carimbo do médico no receituário, tarjas pretas e vermelhas, prescrições são verificadas pelo atendente, checadas novamente por outro, endereço, número de documento, telefone, uma chatice sem fim. Acabam sempre descobrindo alguma inconsistência, a impressão passada é de não desejarem fazer a venda. Dito e feito. Não poderia levar três caixas de cada como anotado no pedido. Droga! Em todos os sentidos. Há uma portaria vigorando, ou seja, um ato administrativo com força de lei, impedindo as substâncias tarjadas de serem vendidas para mais de dois meses de uso. Da forma como o doutor havia prescrito, durariam três meses. Como sempre faço em ocasiões que me exasperam, muno-me de grande humildade, represento o velhinho desamparado e pergunto candidamente se não poderiam então comercializar apenas duas caixas. Podiam! A cesta fica cheia. Depressão, insônia, pressão alta, colesterol, analgésicos, álcool em gel, desodorante, pasta de dente, fio dental, aparelho de barbear, todos os males e rotinas de higiene atendidos. Um bimestre longe do comércio do farmacêutico!

No caixa, repito o nome do convênio, o CPF, aguardo a atendente sorridente, presumo que esteja sorrindo por trás da máscara descartável, ir lendo com o aparelho móvel o código de barras de cada um dos itens. Assusto-me com o crescimento acentuado do valor a ser pago mostrado no visor. Divido a compra em parcelas, deixo o recinto, atordoado. No estacionamento, entro no carro ainda com as mãos úmidas do desinfetante, ajeito o pano protetor sobre o nariz, impaciento-me com a insistência dele em permanecer escorregando. O valor pago na compra lateja em minha cabeça, nos bolsos, em todos os lugares.

Vivemos um tempo horroroso. A pandemia arrasta-se, parece comprazer-se em nos matar de forma lenta, aos pedacinhos, verdadeira tortura. Particularmente sou um sujeito impressionável, esforço-me para existir alheio aos noticiários, mas nem sempre consigo escapar das manchetes. E elas, invariavelmente, até por eu ser também curioso, empurram-me para textos cruéis, mesquinhos, fartos em descrições sádicas, desgraças capazes de me consumir, embrulhar-me o estômago, toldar meu espírito. Manaus, por exemplo. Se por desventura caio nas armadilhas espalhadas por aí, nos relatos detalhados, naquilo sucedido no escuro cotidiano covídico da realidade dos hospitais, mergulho em enorme tristeza, medo, perco o sono. Alterno com relativa frequência noites insones, amargura, com sonos cheios de pesadelos, o mundo reveste-se de cores sombrias, frequentemente sou levado ao choro. Sofrimento terrível. Tornei-me um vivente instável. Imagino cilindros transparentes de oxigênio vazios. Fico observando o gás de minha fantasia ir diminuindo, secando, asfixio.

Entre as substâncias capazes de me aparelhar para enfrentar os transtornos do meu dia a dia, encontram-se aquelas capazes de livrar-me da depressão e das noites em claro. São importantes. Sem elas respiro mal, falta-

-me o ar, tendo a sufocar. Repito involuntariamente sintomas da Covid-19, acabo gastando em vão dinheiro para fazer o RT-PCR, sorologia capaz de identificar o material genético do SARS-CoV-2 na amostra do paciente. Como os sintomas são apenas psíquicos, jogo numerário fora pagando o teste. Preciso é de antidepressivos e soníferos, meus companheiros na batalha diária. Solução comum a tantos outros combatentes.

Socorro caro. Deixo fortunas na drogaria. Mas perderia definitivamente o sono e ficaria tomado pela melancolia não fossem as drogas adquiridas. Então percebo, com o bom humor providenciado pelo entorpecente, alucinógeno, estimulante, seja lá o que for, ter caído em um círculo vicioso. O mal me conduz ao tratamento, o custo do tratamento me leva também ao mal. Terapia não basta. Preciso, definitivamente, de vacina.

*

O mundo se tornou um lugar inóspito. Dos lugares piores para se viver, talvez seja o Brasil o mais insalubre. A pandemia por si só não basta. Além de perdermos diariamente pessoas queridas, a gente já acorda com medo de olhar as notícias, há sempre um de nós que partiu antes da hora levado pela Covid-19, há também as vergonhas diárias de ser brasileiro.

O que tem acontecido estava previsto. É necessária uma liderança forte e com boa dose de inteligência para conduzir o país. Não existe por aqui nem sombra disso.

E assim vamos improvisando, ouvindo barbaridades emitidas por gente que deveria estar preocupada com os destinos da nação, olhando pelas janelas cenários lindos e pouco frequentados. As ruas, embora ainda mais cheias do que se poderia desejar, andam bem vazias.

No isolamento, tenho me afeiçoado às outras vidas que estão comigo. Os dois gatos de minha mulher, e sempre os considerei assim por não me relacionar com eles, estão mais próximos. Perceberam minha disposição em conversar. Estou me tornando aquele tipo de gente que fala com bichos. Quando faço isso, não consigo deixar de me lembrar de meu pai. Na época minha avó morava conosco e vivia de papo com o Pix, um cachorrinho que tínhamos. Meu pai sorria, meio descrendo daquele diálogo impossível, e dizia:

— Um dia ele responde e vou querer ver a sua cara.

Ele nunca respondeu. Mas tenho seguido os mesmos passos de vovó. Na impossibilidade de falar com gente, e estando minha mulher fora do país por necessidade, converso com os dois peludos. E como soltam pelo na casa inteira, os bichanos! Um deles é mais arisco. Se esconde, não se interessa muito em estabelecer diálogo comigo. O outro, porém, presta muita atenção. E responde como pode e sabe: miando. A impressão que tenho é de que nos entendemos. Ele percebe minhas ponderações, muitas vezes críticas à bagunça que fazem, e eu suas escusas. É um felino educado.

Tenho recebido também, quando escrevo, a visita de maritacas. Elas vêm em bando e sempre uma ou duas pousam no parapeito da janela. Verdinhas, graciosas, lindas. Ficam por ali com seus ruídos alegres, olhando curiosas para mim, como se sentissem pena de ver alguém ali parado, sentado em frente ao computador, incapaz de voar.

E assim vou gastando meu quinhão cotidiano de solidão. Vagando pela casa, fugindo das notícias, tentando produzir algumas histórias.

Um dia a gente perde o Daniel Azulay, no outro o Aldir Blanc, e sente-se meio bêbado, um pouco equilibrista, como se tivesse que carregar a vida segurando-a com mais força para que não caia. Hoje partiu Sérgio Sant'Anna, e os gatos ficaram pertinho de mim. Perceberam minha tristeza. Talvez saibam distinguir a dor de um choro sentido.

E enquanto os fascistas deitam e rolam por aí, nós vamos morrendo um pouco diariamente. Entre perdas e perdas sobra cada vez menos coração.

*

Não tenho certeza se recuperaremos nossas antigas vidas. No momento tenho convivido mais com minha mãe. Tem noventa anos, passo o dia com ela para não a deixar confinada sozinha. Não me queixo. Temos uma espécie de humor particular, gostamos de implicar um com o outro, nem sei se a palavra correta seria esta. Na verdade, ficamos atentos para as oportunidades de ridicularizarmos nossos hábitos particulares. Se lavo uma panela com força, ela reclama que o metal fica tão areado que mancha o pano de prato na hora de enxugá-la. Então aproveito para dizer que os utensílios da casa dela estão muito sujos, precisam de alguém que saiba dar conta da louça. E vai por aí, com bom humor, acabamos dando risada.

Minha mãe ouve muito mal, e não gosta de usar aparelho. Acaba colocando para me ouvir melhor, não sem antes reclamar bastante. Dificilmente encontramos idosos que se conformem em usá-lo. Reclamam, falam que apita, distorce os sons, atrapalha mais do que ajuda. Às vezes ela começa a cantar. Ante o meu olhar de espanto, explica que está acompanhando a música. Afirma ouvir o tempo todo um violoncelo solando um clássico. Bem tocado, de um lirismo terno, delicioso de escutar. Tento culpar o equipamento auditivo. Talvez capte alguma frequência de rádio, quem sabe uma estação de canções eruditas? Nega. E sua afirmação seguinte é bastante contraditória. Deu-se conta da emissão sonora pouco depois de ficar surda, e a melodia é sempre a mesma. Ensaio uma discussão, falo em lógica, ou é mouca, ou ouve música. Não se dá por vencida, move os braços no ar como se estivesse regendo uma orquestra, enlevada, parece realmente estar em contato com um instrumentista extraordinário. Desconfiado, mudo de assunto, não sou lá muito afeito a prolongar situações sem explicações razoáveis. Costumam assustar-me, tenho medo geralmente da falta de entendimento. Como pode brotar na cabeça de alguém uma ária, uma orquestra sinfônica, um craque como Yo-Yo Ma tocando? Prefiro não pensar muito no fato, até por não considerar possível entender a mecânica presente. Estaria minha progenitora ficando louca? Situações anormais costumam me tirar o ar, deixar-me sem fôlego. Sensação péssima no momento. Considero imediatamente ter sido contaminado pela Covid-19. Nada capaz de nos deixar sem ar é aconselhável.

E assim vamos vivendo o nosso exílio. Dos filhos, tenho certeza, sou o mais capaz de tornar o convívio necessário um relacionamento aceitável, sem grandes traumas, até mesmo agradável. Meu irmão e minha irmã têm opiniões fortes e gostam de fazer prevalecê-las. Mamãe é teimosa e cabeça-dura. O resultado é barulhento. Gritam, discutem, dificilmente chegam a um acordo. Adoram-se, mas vivem aos trancos e barrancos. Comigo fica mais fácil por também ter uma espécie de surdez. Minha audição é seletiva. Apenas ouço o desejado. Dessa maneira não brigamos. Levamos em frente nosso tempo de confinamento mais ou menos em paz. Nos entupindo de água e sabão, deixando sapatos do lado de fora, limpando tudo cuidadosamente, lavando coisas inimagináveis, abusando do álcool em gel 70%, correndo para debaixo do chuveiro frequentemente.

Minha mãe se diverte. Gosta de me provocar, para ela nunca andei tão higienizado. Não deixa de ter razão, jamais fui do tipo maníaco, o básico geralmente me bastou.

Nada sei sobre o mundo de amanhã. Estaremos nele? Em caso positivo teremos vivido um tempo extraordinário. Enquanto se ouvia música clássica na casa de minha mãe, eu pensava em marchas fúnebres o tempo todo. O medo é um troço muito estranho. Pode estar presente, quietinho, escondido em algum canto da gente. Uns ouvirão violoncelos, outros, mais deprimidos, terão perdido as cores da paisagem em volta. Escutarão um fagote rouco, a morte se anunciando febril. Os cabelos em pé. Há um tempo de pavor do lado de fora.

*

Conheci um senhor, pai de um amigo meu, um dos homens mais inteligentes com quem tive contato. Já faleceu. Dentro da solidão da velhice, vivia em um apartamento isolado, queixava-se às vezes do silêncio que o rodeava. Um dia, enquanto conversávamos, entusiasmou-se. Referiu-se à possibilidade de interlocução com alegria. Como era bom conversar! Confessou sentir-se mudo ultimamente. Na última semana havia proferido algumas poucas vezes apenas uma palavra:
— Débito!
Orientava o caixa quanto ao tipo de pagamento a ser feito.
Aquilo me surpreendeu, embora ele tenha revelado o fato em tom de pilhéria, rindo um bocado. Acompanhei o bom humor sorrindo, foi o máximo possível para mim. Aquela declaração causou-me pesar, certo susto, nunca mais esqueci. Imaginei imediatamente um velho andando pela cidade vagaroso,

trêmulo, as pessoas instintivamente se afastando dele — poucos suportam a presença de idosos, as horas do dia se arrastando. E ninguém com quem falar, trocar experiências, afetos. As cidades grandes muitas vezes gritam, ensurdecem o vivente, mas nada fazem para aproximar os cidadãos. Parecem ter prazer mórbido em mantê-los isolados, tristes, calados para que nada digam quando o momento final surgir. Até por muito pouco poder ser dito frente à morte.

— Débito!

Envelhecer é mesmo acentuar os défices. Espécie de jogo onde gente querida vai perdendo e saindo de nossas vidas: avós, mãe, pai, irmãos, amigos mais próximos, todo um universo de amores tornando-se lembrança. No fim, sobramos, inauguramos rotinas pouco prazerosas, enfrentamos dores em várias partes do corpo, resistimos sem saber bem a razão. Apegados a um cotidiano sórdido.

— Débito!

O senhor a que me refiro foi encontrado morto em sua cama. Não teve com quem queixar-se. Não se sabe se partiu dormindo, sofreu, angustiou-se, teve medo, nada. Apenas partiu calado, seguindo seu destino. O apartamento onde vivia estava sujo, a louça acumulada na pia, televisão ligada. Anciãos acostumam-se a viver sem grandes asseios. Já não possuem vigor físico nem disposição para lidar com vassouras, panos, aspiradores de pó.

Quando me contaram, prestei mais atenção no fato de o televisor estar funcionando. Dizem que o aparelho se encontrava com o volume muito elevado, o meu amigo era um pouco surdo. E como ainda cedo, manhã de uma segunda-feira, um desenho animado estava sendo exibido. Programação infantil.

Lembrei-me da frase dita por Deus a Adão, depois de juntamente com Eva terem comido o fruto proibido: "Com o suor de teu rosto comerás teu pão até que retornes ao solo, pois dele foste tirado. Pois tu és pó e ao pó tornarás."

A gente nasce criança e, até certo ponto, morre criança. O velho nada mais é do que uma criança cansada.

Toda esta triste história por ter me dado conta, de repente, do momento distópico cotidiano atual. A pandemia e o isolamento necessário também têm nos emudecido. Estamos escrevendo mais, tenho a impressão. No meu caso, venho repetindo muito uma frase nas redes sociais:

— Meus sentimentos!

*

A morte já não chega por telefone através de longas espirais metálicas. Surge quase imediatamente, os corações ligados por nuvens, tudo se guarda em algum arquivo virtual etéreo, embora não em forma de flocos de algodão, nuvens estranhas. As redes embalam notícias de toda sorte, em uma passada de olhos no celular conhecemos perdas quase ao mesmo tempo em que o viajante partiu.

Quando eu era menino, imaginava entusiasmado o tempo de falarmos ao telefone vendo as pessoas. Em minha visão infantil, o nosso destino seria um lugar parecido com o dos Jetsons, um futuro automatizado, de empregadas robôs, trânsito de pequenos carros voadores nas ruas. Mas sonhava com os pés no chão, sabendo ser impossível uma coisa assim tão formidável, imagens e conversas correndo pelos fios concomitantemente. Contudo, havia certo fascínio em acreditar na possibilidade. Afinal, estava tudo no Júlio Verne, o escritor dos submarinos, da viagem à lua, ao centro da Terra. Ele me fazia subir em balões, e lá de cima a visão era formidável.

Meninos, eu vi! Acabo de falar com minha mulher, ela está na Finlândia. Nos enxergamos e conversamos wireless. Não foram necessários cabos nem fios. A gente, em close, esteve próximo como se a terra gelada fosse na sala ao lado.

Agora meu desejo é outro. Já não tenho mais dúvida. Um dia poderemos ser teletransportados, a bola azul em que vivemos será menor, pequena tal uma bola de gude. Já não existirão fronteiras, portas, chaves, fechaduras. Qualquer um poderá estar em todo lugar, atravessar paredes, distâncias incríveis em segundos.

Mas o texto se desviou, comecei pretendendo falar em dor. Não sei a razão de ele ter trazido visões do futuro. Talvez pelo fato de não escaparmos dele. A morte e a dor estão garantidas, são companheiras nos espreitando desde sempre, volta e meia certeiras atingem alguém próximo, carregam mais um pedaço de nossa alegria. Aos poucos vamos esvaziando nosso estoque de felicidade. Como viver do mesmo jeito após tantas perdas? A vida nos garante um bom punhado de lágrimas, envelhecer é seguir em direção ao solitário reduto daqueles desprovidos de amor. No fim foram-se quase todos, enterramos cacos de nossos corações. Vamos nos traumatizando, calejados em seguir em silêncio atrás de caixões, tristes, logo seremos nós.

Em família, as conversas são estranhas. Uns desejam ser cremados, outro preferem o caminho tradicional, lápides, caixões bonitos. Pedem flores, detestam rosas, nada religioso, música. E me vejo tentando imaginar minha preferência. Brinco dizendo não ter certeza se irei acabar. Talvez por não ver sentido em tal decisão. Nada serei depois de morto, logo não posso ter desejos. Façam comigo... Quem fará? Não tive filhos. E não ter tido filhos me pesa como o diabo agora quando meus movimentos são mais lentos, incômodos nas juntas me atormentam, os ralos cabelos brancos me liberam assentos nas conduções. Não sei o motivo de haver tanta tristeza por isso ultimamente. Há um grande vazio. Como se meus dias tivessem sido inúteis. Talvez o tormento exista pela consciência de não ter amado o máximo possível. Nenhum amor, dizem, se compara ao que se dá aos filhos. Então, consequência, nunca pude amar meu quinhão máximo de amor. Não deixa de ser um aleijão. É mais solitário chegar ao final do caminho sem ser pai.

E nesta crônica triste, poderia aliviar o leitor me desculpando e dizendo para ficar tranquilo, afinal a dor é de quem a tem. Mas não. A dor é de todo mundo. Não existe vivente no mundo capaz de chegar ao fim do caminho em paz, tranquilo, sem deixar para trás alguma pendência insolúvel. Todos choram faltas, erros, esquecimentos. Ser infeliz é mais natural e não existe a possibilidade de voltarmos no tempo. Ou será que isso também será possível no futuro? Teríamos driblado a indesejada das gentes.

Se aprendemos a falar no telefone vendo o interlocutor do outro lado, se fatalmente nos desmaterializaremos para nos materializarmos em outro canto, certamente seremos turistas das eras. Meu irmão irá gostar de ver dinossauros. Eu tenho medo de andar de avião, acho que o receio seria igual, ficaria por aqui mesmo. Certo de que a dor não é apenas de quem a tem, todos sofremos um bocadinho.

*

A humanidade aos poucos vai se embrutecendo. É curioso notar como as pessoas perdem sensibilidade, conhecimento, tornam-se cada vez mais toscas. Aqui no meu canto, escrevendo por necessidade, registro algumas irritações, não consigo evitar, embora produza este texto certo de serem esquecidas as sentenças alinhavadas — ler é antigo e démodé. Observo também indícios claros: o ser humano tornou-se um bicho ensinado. Levanta, cumpre suas rotinas matinais mecanicamente, observa a tela do celular algumas vezes antes de sair, passará o restante do tempo atento à telinha do aparelho até voltar novamente para casa. Repetirá fragmentos de uma rotina incorporada ao seu existir feito autômato, viverá alheio ao mundo, evitará pensamentos e diálogos. Transformado em cachorrinho de estimação, fará xixi na hora certa, correrá alegre atrás da bolinha arremessada, latirá efusivo e abanando o rabo para o seu dono. Os indivíduos pararam de pensar, elaborar raciocínios mais consistentes, deixaram-se levar para um não lugar onde podem ficar inertes, livres de estímulos externos, protegidos de qualquer obrigação de interagir com seus pares. Basicamente comem, dedilham mensagens — o máximo de comunicação permitida, penduram-se calados nas conduções em trajetos compartilhados com outros humanos silentes, tristes, desinteressados do seu entorno, vagões de metrô silenciosos, ônibus quietos. Se alguma voz é ouvida, alguém gravou recado no telefone móvel, a população decidiu trocar ideias assincronamente. Talvez por preferir não ter de retorquir na hora. Por ser tosca e um pouco lerda em matéria de raciocínio, precisa de tempo para poder elaborar uma resposta apropriada. Mais tarde, quando os toscos deixarem registrado no aplicativo suas considerações a respeito do estímulo recém-ouvido, serão breves, impessoais, objetivos. Meia dúzia de palavras simples somadas a alguns grunhidos darão satisfação ao destinatário. Assim como não conversam tête-à-tête, preferem abolir a destinação inicial da invenção de Graham Bell, é raro alguém usar o dispositivo para conversar. Até porque no mundo dos autômatos toscos em que vivemos perdeu-se a condição de interação.

E como desabituou-se de ouvir o outro, o bicho-homem passou a desconsiderar totalmente seus iguais. Se existiu algum dia na humanidade uma coisa chamada empatia, a capacidade de alguém se impregnar do semelhante, colocar-se no lugar dele e chegar a sofrer por ele, identificação bonita e própria de uma decência quase pré-histórica, hoje os umbigos cresceram a ponto de ninguém conseguir mais alhear-se deles. Todo mundo vive apenas preocupado com suas questões comezinhas, a dor alheia não comove o homem tosco. E como são rudes e alegres, solitários e medíocres, ignorantes e egoístas, fazem sempre escolhas estranhas, sem jamais calcular a dor infringida, nunca imaginam ou preocupam-se em poder estar colocando o outro e a si próprios em perigo. Alegremente burros!

Observam diferenças no vizinho e se pautam por elas. A pessoa contígua terá sempre uma diversidade indesejada. A xenofobia se encorpou e quase tudo é estranho no outro. Ameaçados pelo temor ao desconhecido, os toscos, unidos, formulam um pensamento enviesado e impregnado de aleivosias. Quando votam, escolhem figuras capazes de refletir sua falta de pensamento lógico e coerente. E como são muitos, afinal a ignorância é uma forma de destruição e destruir é mais simples do que criar, suas opções muitas vezes prevalecem. Graças a Deus, pois nada é mais tosco e impiedoso. O Deus dos imbecis é sempre um imbecil supremo, reflexo da imbecilidade de seus imbecis seguidores. Apaziguados por suas crenças convenientes, os toscos gozam vidinhas de zumbis felizes. E como nunca souberam enxergar direito felicidade, harmonia entre indivíduos, ou justiça, e são incapazes de imaginar uma sociedade ideal, saboreiam o mundo distópico por eles inventado, a parte que lhes cabe neste latifúndio chamado vida.

Outro dia em uma venda desejei uma bonita berinjela. Perguntei se era orgânica. O jovem vendedor tosco me respondeu:

— Não, ela vem com bastante agrotóxico.

E assim caminha a humanidade. Morreremos mudos, sem educação, armados — não confundir com amados, de câncer. Se antes não sucumbirmos incendiados pelo aquecimento global.

*

a pandemia, o fato de estarmos vivendo confinados e ter havido uma mudança significativa em nossas rotinas têm me feito pensar mais no tempo. obviamente não no clima, mas na maneira como vivemos e observamos as horas passarem. o mais visível para mim é não existirem grandes diferenças entre os dias. estamos, parece, mergulhados em uma sequência interminável de domingos. os instantes não se diferenciam, imergimos em uma sequência de acontecimentos mais ou menos iguais, acabamos muitas vezes perdidos, sem saber direito por onde anda a semana. no meu caso, percebo os fatos surgindo em um ritmo particular, lento, como se o existir ganhasse contorno arrastado, as coisas se realizando em câmera lenta, entre um e outro susto. as notícias de óbitos desafiando nossa sensibilidade, um contador macabro ligado e incrementando o número de mortos pela covid-19 sem parar. perdidos em um espaço indefinido, atordoados, esguichando álcool em gel nas mãos compulsivamente, buscamos nas luvas e nas máscaras alguma proteção. o medo em cada canto da sala, dos quartos, da casa. muitas vezes, quando respiro fundo, o ar expelido sai denso, entrecortado, doído. não imaginei pudesse andar por época tão distópica. esta palavra para mim sempre teve contorno mais ficcional, pouco a ver com a realidade. sociedades caracterizadas por condições de vida insuportáveis fazem parte de filmes, séries, literatura. nosso porvir incerto nos remete a um sonho acordado semelhante a um pesadelo. ninguém nasce imaginando viver infinitamente, mas a morte que já andou disfarçada, postergada, convenientemente nas sombras, resolveu agora criar intimidades, caminhar ao nosso lado. feia e suja. triste e não mais respeitando idades. pode nos carregar amanhã sem apelação. soberana. inverteu a lógica dos prazos conhecidos. envelhecer passando a ser um luxo. se caetano veloso, aniversariante da semana, escreveu uma "oração ao tempo" onde propõe um acordo com ele, solicitando-lhe ser mais vivo no som de seu estribilho, não há como nosso espírito ganhar um brilho acentuadamente definido. porque tudo está opaco, fosco, cinza. partiremos entubados, afogados, sairemos do circuito do tempo assim, minúsculos. sem rimas no destino. e por sermos tão pequenos, e finalmente termos dado à natureza a chance de ridicularizar nossa soberba, estamos encurralados pela virulência do agente biológico. tempo, tempo, tempo. sonhamos com vacinas. mas os microrganismos patogênicos agressivos podem mutar e inviabilizar curas. tempo, tempo, tempo. e se tanto tenho me preocupado com o correr dos minutos, jeito próprio de eles se movimentarem ultimamente, já não sei se continuarão a existir ou também se transformarão. minutos, minúsculos, abstrações. o tempo sendo nada. indistinguível. de segunda a domingo. de bocas e narizes escondidos. ausência de abraços. solidão. o asséptico como ideal. vírus, virose, viração. um tipo de vento fresco passado. viração. brisa. o tempo já não é senhor do destino. já não há destino certo. estamos? eu quis fazer um texto ligeiro. não um iê-iê-iê romântico, um anticomputador sentimental. objeto não identificado. a pandemia é um óvni. sou eu sem tempo para maiúsculas. nada grande. pois o sentir é pequeno, minúsculo, menor em mim.

Meg

Apesar do nome, era macho. Demoraram muito para identificar o sexo correto do filhotinho. Ao descobrirem o erro, já haviam se acostumado com o tratamento. Ficou Meg mesmo. Um gatinho cinzento e branco, comum, sem raça. Brincalhão, curioso, principalmente curioso. Boa-praça, não se incomodava com a confusão de gênero, atendia prontamente sem demonstrar mágoa. Dava-se bem com todo mundo, não possuía inibições. Corajoso, o danadinho, nunca se submeteu ao medo.

Nosso contato inicial foi difícil. Prolongou-se por um bom período tal indisposição, custei a aceitar a amizade do bicho, por ser eu mesmo um animal complicado. Nunca fui atento às demonstrações de afeto emitidas por seres irracionais. Arrogância vinda da convicção de que, sendo humano, seria superior. Não era, custei a perceber. Embora nunca tenha maltratado o felino, fazia questão de deixar claro sermos incompatíveis. Eu aqui, ele acolá, distantes. Embora o Meg nunca tenha desistido de mim. Para ele era incompreensível minha hostilidade. Inteligente, não via cabimento na existência de um sentimento sem explicação. Nunca me fizera desfeita, tratava-me com consideração, olhava-me até mesmo com carinho. Afinal, habitávamos sob o mesmo teto, e para ele todos os viventes da casa eram especiais. Nosso gato. Meu também.

E assim o tempo passou. Volta e meia nos encontrávamos e a sua presença sem cerimônia muitas vezes me aborrecia. Olhava para mim e miava, os olhos fixos. Talvez um cumprimento, vontade de obter uma resposta camarada, ou apenas me informar sobre sua obsessão por dialogarmos. Atento à minha voz, procurava identificar nela um tom mais amistoso nas raras respostas obtidas. Em vão. Infeliz com o resultado, afastava-se cabisbaixo, triste, mas sem perder a dignidade. Jamais um gesto impaciente, demonstração de raiva, fuga. Em câmera lenta, cônscio de estar sendo observado, abandonava o ambiente pisando macio e largava-me falando sozinho. Paciente, investiria novamente em outra ocasião. Quem sabe o ogro bípede estivesse mais bem-humorado.

Já o conheci passado em anos, bastante maduro. Conforme foi se aproximando dos treze, fragilizou-se. Os rins deixaram de funcionar a contento, perdeu peso. Encolheu-se nos cantos dos ambientes. Esquecido, os pelos arrepiados, friorento. As patinhas sempre geladas.

Apiedei-me!

Agora, se me acomodava no sofá para ver televisão, ele vinha. Magro. Pele e osso em forma de Meg. Um salto mais penoso, já não tão ágil, e postava-se ao meu lado. Com os olhos nublados de velho congelados em meu rosto, saudava-me num gemido rouco. Colocava uma pata dianteira sobre minha perna. Aguardava para ver se haveria rejeição. Depois, mais confiante, erguia a outra, subia então por inteiro no meu colo. Enrolava-se aquecido, conquistador, feliz. E dormia. Com a mão esquecida em sua cabeça, sentindo os ossinhos salientes, oferecia-lhe agora, anos depois, o carinho buscado por tanto tempo. Ele ressonava, às vezes deixava escapar um ronronar exultante, consciente de sua vitória. Nós dois camaradas. Aprendeu a ficar comigo enquanto escrevo. Em meus braços.

Ontem o Meg morreu. O corpo sem vida no hospital veterinário chocou-me profundamente. Ainda o escuto às vezes, tenho a sensação de vê-lo passando da sala para a cozinha. Dizem ser a dor fantasma de um membro amputado.

Vento vadio

Há um vento vadio lá fora. Diverte-se enfiando-se entre as flores, balançando os galhos, levantando a poeira. Passa por minha janela aberta, traz ares de inverno para cima da mesa de trabalho. Continuando assim, vou precisar fechar o ambiente. Ele, insolente, esfria minhas orelhas, nariz, deixa meu pescoço arrepiado. Já deveria ter corrido o vidro, resguardado o escritório. Mas atraso-me por desejar respirar geladinho. Abro a boca, puxo o frescor. Revigoro-me. Preencho os pulmões de vida.

De uns tempos para cá tem sido assim. Vez ou outra pego-me distraído lendo as notícias, correndo as telas do computador impressionado com a escuridão veiculada. A gente foge do texto que precisa escrever em um clique. Quando a dificuldade se apresenta, as palavras negando-se a obedecer, mudamos quase raivosamente de tela, distraímo-nos recorrendo aos relatos internéticos. Então vou entristecendo aos poucos, mergulhando em agonia, talvez necessitasse ser menos suscetível. Não consigo. Aquilo sangrando no visor acaba por me deprimir, começo a inspirar com dificuldade. O vento vadio lá de fora me socorre. Invade o recinto, atira duas folhas da impressora para longe, menino brincalhão, ventila meus pulmões.

Às vezes ele traz também ruídos. Talvez não seja assim tão chegado ao ócio. Por mostrar-se pouco objetivo, assoprar indiscriminadamente, passa a impressão de estar indolente, perdido em malandragens. Mas acaba sendo diligente em seu ofício. Venta. Até que venta. E quando traz o barulho lá de fora, transforma em inferno a quietude triste do lugar onde busco frases.

Há um prédio crescendo na vizinhança. Acompanho sempre o evoluir da construção. Caminhões virando concreto, motores ligados, ensurdecem meus ouvidos. Não percebo imediatamente o incômodo. Aquilo se agiganta a princípio no inconsciente, até por estar ali o dia inteiro. Estacionam as betoneiras e ficam até tarde da noite. Desrespeito! Tornam-se quase naturais os decibéis encorpando-se. Eles, sorrateiros, tentam ganhar ares de intimidade conosco.

Não conseguem. Em algum momento nos percebemos em agonia extrema. O espírito debatendo-se, afogado em sensações a princípio difusas, mas capazes de irem ganhando sentido. Terminamos reconhecendo o motivo de tamanho mal-estar, ansiosos por um pouco de silêncio. Em vão. O estardalhaço mantém-se vivo, babel, enlouquecendo-nos.

Fecho a janela. Suspiro apercebendo-me da ausência de sons. A respiração ainda está funda, talvez pelo tormento afastado em parte. A algazarra, embora mais distante e em menor volume, ainda permanece. Aos poucos, recupero o fôlego, os batimentos cardíacos diminuem, fico parado, os olhos iluminados pela fluorescência emanada do monitor.

O vento, com certeza não completamente vagabundo, traz também odores lá de fora. Mesmo com o ambiente vedado. Imiscuem-se por frestas os mais variados cheiros. No andar de baixo fritam alguma coisa, aguçam meu apetite. Da calçada vem uma fragrância de jasmim, às vezes. Quando a noitinha se aproxima, frequentemente, percebo a dama-da-noite. Tenho medo. Não sei por qual razão acompanha a exalação adocicada a memória de meu pai fumando. Nem sei bem se é mesmo apenas recordação. Parece tão real... Ergo a cabeça lançando o nariz para cima feito perdigueiro. Há mesmo fumaças de cigarro no escritório. Mas quem, onde? Eriço os cabelos. Brancos. Em pé.

Volto a escancarar a persiana. O vento vadio diverte-se. Frio, sons, eflúvios. A agonia torna a se apresentar agora mais intensa. Tem sido difícil escrever durante a pandemia. Considerei que seria fácil logo no início. Enganei-me. Palavras perdem-se entre sensações difusas, incômodas demais.

Paciência

Gostava de ter paciência, estar calmo, escutar os dizeres até o final e apenas então arriscar pertinências, impertinente.

Gostava de não sentir ódio, o sangue a borbulhar correndo-me nas veias, gosto amargo dotado do poder de anuviar-me o estômago.

Gostava de não me precipitar em ajustar contas, esperar dias melhores, sei que virão, pouco adianta atabalhoar-me em aflições.

Gostava de ler as notícias sem tanto envolvimento, dor, este sentimento de falta de justiça imediatamente me agarrando pelo pescoço, sufocando-me como se pudesse me limitar em um saco plástico, tortura gângster.

Gostava de chorar menos, as lágrimas andam a me enferrujar o rosto, e os sais delas agulham-me a pele, pinicam, espetam, ardem-me feito feridas.

Gostava de poder deitar a cabeça no travesseiro e dormir o sono dos tolos, pois creio estarem eles aptos a esticarem os corpos sobre o colchão e conciliarem-se com um tipo de paz impossível para os mais conscientes, será?

Gostava de ver minhas pragas rogadas surtirem efeito, atingirem em cheio os causadores de tanto mal por cá, bloquearem toda e qualquer ação nociva dos crápulas investidos de estranhos poderes inimigos da ciência.

Gostava de gritar bem alto a revolta sentida a cada brasileiro tombado nas unidades de terapia intensiva, conterrâneos sufocados pelo descaso de gente mesquinha, ignorante, carente de ação responsável.

Gostava de voltar a ter alegria, pois a tristeza chegou e parece ter se aprazido em ficar, enraizar-se, meter-se assim em cada canto da casa, da sala, dos quartos, até mesmo nas páginas dos livros das estantes.

Gostava de fugir para bem distante, deixar de ser brasileiro em algum sítio menos rústico, não à toa estou aqui a escrever disfarçado em sotaque diverso do usual, a exprimir-me como se de cá não fosse, estrangeiro.

Gostava também de lograr ser manso, talvez, saber baixar a cabeça e buscar em algum recôndito mais recôndito de mim mesmo a sabedoria dos portadores de gênio afável, e viver apaziguado com tudo e todos.

Gostava de possuir um botão liga-desliga, quem sabe, e nos momentos mais agudos, quando a ponta do desespero viesse me alfinetar, pudesse baixar o interruptor, pondo-me em contato com o foda-se.

Gostava muito, mas muito mesmo, gostava imenso, de estar habilitado a imaginar coisas boas, viver momentos sublimes, com a fé dos dispostos a acreditar no homem, na humanidade, nos gestos nobres.

Gostava se eles pelo menos usassem máscaras, exibissem o respeito negado a cada gesto, palavra, sorriso zombeteiro, maldades cotidianas, mas os toscos apenas sabem lavar as mãos.

Gostava de entender o motivo de serem como são, assim tão pouco sãos, tão vis e medonhos.

Gostava de poder envelhecer em meu canto ouvindo os passarinhos a voarem otimistas, passando agitados pela janela aberta aqui do escritório, sem me espionarem tão trôpego, bambo, descrente do mundo.

Gostava, enfim, se gosto me sobrasse, de voltar a ser gostaria.

Este livro foi composto na tipografia Berling LT Std,
em corpo 11,5/17, e impresso em papel off-white
no Sistema Digital Instant Duplex da
Divisão Gráfica da Distribuidora Record.